Arthur Conan Doyle

Le Soldat blanchi

Texte et illustration de couverture : © domaine public
Edition : Culturea (Hérault, 34)
Contact : infos@culturea.fr
Retrouvez notre catalogue sur http://culturea.fr
Imprimé en Allemagne par Books on Demand
Design typographique : Derek Murphy
Layout : Reedsy (https://reedsy.com/)

Dépôt légal : janvier 2023
Tous droits réservés pour tous pays

ISBN : 9791041928385

Table des matières

Le soldat blanchi

Mon ami Watson n'a pas beaucoup d'idées ; mais il s'entête sur celles qui lui viennent à l'esprit. Depuis longtemps il me supplie de raconter l'une de nos aventures. Peut-être suis-je un peu le responsable de cette persécution, car j'ai eu maintes fois l'occasion de lui signaler combien ses propres récits étaient superficiels et de l'accuser de sacrifier au goût du public plutôt que de se confiner dans les faits et les chiffres.

– Essayez donc vous-même, Holmes ! m'a-t-il répliqué.

Je suis obligé de convenir que, plume en main, je commence à comprendre que l'affaire doit être présentée de manière qu'elle suscite l'intérêt du lecteur. Le cas auquel je pense y parviendra sans doute : il compte en effet parmi les plus étranges de ma collection, quoique Watson ne l'ait pas dans la sienne. Puisque je parle de mon vieil ami et biographe, je saisis l'occasion de faire remarquer que si je m'alourdis d'un compagnon dans mes diverses petites enquêtes ce n'est ni par sentiment ni par caprice : c'est parce que Watson possède en propre quelques qualités remarquables, auxquelles dans sa modestie il accorde peu d'attention, accaparé qu'il est par celle qu'il voue (exagérément) à mes exploits. Un associé qui prévoit vos conclusions et le cours des événements est toujours dangereux ; Mais le collaborateur pour qui chaque événement survient comme une surprise perpétuelle, et pour qui l'avenir demeure constamment un livre fermé, est vraiment un compagnon idéal.

Mon carnet de notes me rappelle que c'est en janvier 1903, juste après la fin de la guerre des Boers, que je reçus la visite de M. James M. Dodd, gros Anglais assez jeune, bien campé, au visage hâlé. Le brave Watson m'avait à l'époque abandonné pour se marier : c'est l'unique action égoïste que j'aie à lui reprocher tout au long de notre association. J'étais seul.

J'ai pour habitude de m'asseoir le dos à la fenêtre et de placer mes visiteurs sur le siège d'en face, afin qu'ils soient bien éclairés par la lumière du jour. M. James M. Dodd paraissait se demander comment entamer cet entretien. Je me refusai à l'aider, car son silence me donnait plus de temps pour l'observer. Ayant découvert qu'il n'était pas mauvais d'impressionner mes clients par l'étalage de mes facultés, je voulus lui communiquer certaines de mes conclusions.

– Vous venez d'Afrique du Sud, monsieur, je vois...

– Oui, monsieur ! me répondit-il surpris.

– Volontaire dans la cavalerie impériale, je suppose.

– C'est exact.

– Corps du Middlesex, sans doute ?

– En effet. Monsieur Holmes, vous êtes un sorcier !

Sa stupéfaction me fit sourire.

– Quand un gentleman d'un aspect viril entre dans mon salon avec un visage trop bronzé pour le soleil d'Angleterre, et quand il met son mouchoir dans la manche et non dans la poche, il n'est pas difficile de le situer. Vous portez une barbe courte, ce qui révèle que vous n'êtes pas un soldat d'active. Vous avez un costume de cavalier. Pour ce qui est du Middlesex, votre carte m'a déjà informé que vous êtes agent de change dans Throgmorton Street : quel autre régiment auriez-vous rejoint ?

– Rien ne vous échappe !

– Je ne vois pas plus de choses que vous, mais je me suis entraîné à remarquer ce que je vois. Toutefois, monsieur Dodd, ce n'est pas pour discuter sur la science de l'observation que vous êtes venu chez moi ce matin. Que s'est-il passé à Tuxbury Old Park ?

– Monsieur Holmes !...

– Mon cher monsieur, il n'y a aucun mystère. Votre lettre m'est parvenue avec cet en-tête, et vous avez sollicité ce rendez-vous en termes si pressants que je suis sûr que quelque chose de soudain et d'important s'est produit.

– C'est la vérité. Mais j'ai écrit la lettre dans l'après-midi, et depuis divers événements ont eu lieu. Si le colonel Emsworth ne m'avait pas flanqué à la porte...

– Flanqué à la porte !...

– Oui, cela revient au même. C'est un dur, le colonel Emsworth ! Le plus à cheval sur la discipline de toute l'armée en son temps, et un gaillard au langage rude, aussi ! Je n'aurais pas pu supporter le colonel s'il n'y avait pas eu Godfrey.

J'allumai ma pipe et m'adossai confortablement.

– Peut-être m'expliquerez-vous de quoi vous parlez ?

Mon client sourit malicieusement.

– Je commençais à croire que vous saviez tout avant qu'on vous le dise. Je vais vous livrer les faits, et j'espère que vous pourrez m'expliquer ce qu'ils signifient. Je n'ai pas fermé l'œil cette nuit parce que je faisais fonctionner ma cervelle ; mais plus je réfléchis, plus l'histoire devient incroyable.

« Quand je me suis engagé en janvier 1901 (il y a juste deux ans), le jeune Godfrey Emsworth avait rejoint le même escadron que moi. C'était le fils unique du colonel Emsworth (Emsworth, avec la Victoria Cross pour la guerre de Crimée), et comme il avait la bagarre dans le sang, il n'est pas étonnant qu'il se soit porté volontaire. Dans le régiment, il n'y avait pas plus chic type. Nous devînmes amis, de cette amitié qui ne se noue que lorsqu'on vit la même existence et qu'on partage les mêmes joies et les mêmes peines. Il était mon copain, et dans l'armée un copain, ça compte ! Pendant une année de durs combats, nous avons connu ensemble le meilleur et le pire. Puis, au cours d'une action près de Diamond Hill, aux portes de Pretoria, il a reçu une balle d'un fusil pour éléphants. J'ai eu deux lettres de lui : la première émanait de l'hôpital du Cap, la seconde de Southampton. Depuis, pas un mot : pas un seul mot, monsieur Holmes, depuis six mois et plus, et il était mon meilleur copain.

« Quand la guerre a pris fin, nous sommes tous rentrés ; j'ai écrit à son père et je lui ai demandé où se trouvait Godfrey. Pas de réponse. J'ai attendu, puis j'ai récrit. Cette fois j'ai reçu une réponse : brève, bourrue. Godfrey était parti pour faire le tour du monde et il ne rentrerait vraisemblablement pas avant un an. C'était tout.

« Je ne me suis pas contenté de si peu, monsieur Holmes. Tout cela me semblait suprêmement anormal. Godfrey était un bon garçon, incapable de laisser tomber un copain comme ça. Puis j'ai appris qu'il était l'héritier d'une grosse fortune, et aussi que son père et lui ne s'étaient pas toujours bien entendus. Le vieil homme avait quelque chose d'une brute, et le jeune Godfrey avait trop de caractère pour le supporter. Non, je ne pouvais pas me contenter de si peu, et j'ai décidé de creuser jusqu'à la racine de l'affaire. Toutefois j'ai eu diablement besoin de remettre mes propres affaires en ordre, après deux ans d'absence, et ce n'est que cette semaine que j'ai eu le temps de reprendre le dossier Godfrey. Mais depuis que je l'ai rouvert, j'ai résolu de tout laisser tomber pour voir clair.

M. James M. Dodd semblait appartenir à cette catégorie d'hommes qu'il vaut mieux avoir pour amis que pour ennemis.

Ses yeux bleus étaient sévères, et quand il parlait ses mâchoires se crispaient.

– Bien. Qu'avez-vous fait ? lui ai-je demandé.

– Mon premier mouvement a été d'aller chez lui, à Tuxbury Old Park, près de Bedford, et de tâter le terrain. J'ai donc écrit à sa mère (j'en avais assez de son scrongneugneu de père) et je me suis lancé dans une attaque frontale. Godfrey était mon copain, je n'avais pas oublié nos aventures communes (que je pourrais d'ailleurs lui raconter), je serais dans les environs, voyait-elle un inconvénient à ce que je lui rende visite, etc. ? En réponse j'ai reçu une lettre fort aimable qui m'invitait à passer vingt-quatre heures chez elle. Je m'y suis rendu lundi.

« Tuxbury Old Hall est inaccessible : à huit kilomètres de tout. Il n'y avait pas de voiture à la gare, et j'ai dû marcher en portant ma valise ; il faisait presque nuit quand je suis arrivé. C'est une grande maison perdue à l'intérieur d'un parc immense. Je crois que toutes les époques sont représentées dans l'architecture, depuis les fondations élisabéthaines à moitié en bois jusqu'à un porche victorien. A l'intérieur, tout est en chêne, avec des tapisseries et des vieux tableaux à demi effacés : une véritable maison pour revenants, pleine de mystères. Il y avait un maître d'hôtel, le vieux Ralph, qui paraissait aussi âgé que la maison ; sa femme aurait pu être son aînée ; elle avait été la nourrice de Godfrey, qui m'avait parlé d'elle, la plaçant immédiatement derrière sa mère dans la hiérarchie de ses affections ; j'étais donc attiré par elle en dépit de son étrange physique. La mère, gentille petite souris de femme, me plut aussi. Il n'y avait que le colonel que je ne pouvais pas supporter.

« Nous nous sommes tout de suite chamaillés, et je serais retourné à pied à la gare si je ne m'étais pas dit qu'il fallait que je lise dans son jeu. J'ai été introduit dans son bureau ; il était assis derrière sa table : un colosse un peu voûté, avec une peau noircie et une barbe grise en désordre. Un nez à veines roses faisait saillie comme le bec d'un vautour ; deux yeux féroces et gris m'ont dévisagé sous des sourcils broussailleux. J'ai compris pourquoi Godfrey parlait rarement de son père.

« – Alors, monsieur ? m'a-t-il demandé d'une voix de crécelle. Je voudrais bien connaître les véritables motifs de votre visite.

« Je lui ai répondu que je les avais indiqués dans une lettre à sa femme.

« – Oui. Vous lui avez dit que vous aviez connu Godfrey en Afrique. Nous sommes bien obligés de vous croire sur parole.

« – J'ai ses lettres dans ma poche.

« – Voudriez-vous me les montrer ?

« Il a jeté un coup d'œil sur les deux lettres que je lui tendais, puis il me les a rendues.

« – Alors, de quoi s'agit-il ? a-t-il repris.

« – J'aimais beaucoup votre fils Godfrey, monsieur. De nombreux liens et quantité de souvenirs nous unissaient. N'est-il pas normal que je m'étonne de son silence soudain et que je cherche à savoir ce qu'il est devenu ?

« – J'ai, monsieur, le vague souvenir que j'ai déjà correspondu avec vous et que je vous ai dit ce qu'il était devenu. Il est parti pour accomplir un voyage autour du monde. Après ses aventures en Afrique, il était en piteuse santé ; sa mère et moi, nous sommes tombés d'accord pour reconnaître qu'un repos complet et un changement radical lui étaient nécessaires. Je vous serais reconnaissant de transmettre cette explication à tous ses autres amis.

« – C'est entendu, ai-je répondu. Mais peut-être aurez-vous la bonté de me communiquer le nom du paquebot et de la compagnie de navigation. Je pourrai sûrement lui faire parvenir une lettre.

« Ma requête a paru à la fois embarrasser et irriter mon hôte. Il a froncé ses gros sourcils et il a tapoté des doigts sur la table. Il ressemblait tout à fait au joueur d'échecs qui voit son adversaire préparer un dangereux déplacement de pièces et qui a décidé de s'y opposer.

« – Beaucoup de personnes, monsieur Dodd, m'a-t-il dit enfin, prendraient très mal votre opiniâtreté infernale et penseraient que cette insistance a atteint la limite de l'impertinence.

« – Portez-la, monsieur, au crédit de ma sincère affection pour votre fils.

« – Soit. J'ai déjà inscrit beaucoup de choses sur ce compte. Je dois néanmoins vous demander de mettre un terme à vos questions. Toutes les familles ont leur intimité propre et leurs motifs privés. Les étrangers ne peuvent pas toujours les comprendre. Ma femme souhaite vivement entendre parler de l'existence militaire de Godfrey dont vous êtes si bien au courant, mais je tiens beaucoup à ce que vous laissiez de côté le présent et l'avenir. De telles questions seraient inutiles, monsieur, et elles nous placeraient dans une situation délicate, voire difficile.

« J'étais donc dans une impasse, monsieur Holmes. Il n'y avait pas moyen d'en sortir. Je ne pouvais qu'accepter la situation et faire en mon âme et conscience le serment que je n'aurais pas un moment de repos avant que ne soit éclairci le mystère relatif au destin de mon ami. La soirée a été terne. Nous avons dîné tous les trois tranquillement dans une vieille pièce lugubre, mal éclairée. La dame m'a avidement questionné au sujet de son fils, mais le colonel semblait morose, triste. Cette discussion m'avait tellement contrarié que je me suis excusé dès que la décence me l'a permis, et je me suis retiré dans ma chambre. C'était une grande chambre nue au rez-de-chaussée, aussi sinistre que le reste de la maison ; mais quand on a dormi une année sur le veldt, monsieur Holmes, on n'est pas trop chatouilleux pour son billet de logement. J'ai ouvert les rideaux et j'ai contemplé le jardin : la nuit était magnifique avec une demi-lune bien nette. Puis, je me suis assis auprès du feu, la lampe à côté de moi, et je me suis efforcé de me distraire avec un roman. Ma lecture a été toutefois interrompue par le vieux Ralph qui venait me porter une provision de charbon.

« – J'avais peur que vous ne fussiez à court de charbon pendant la nuit, monsieur. Le vent est aigre, et les chambres fraîches...

« Il a hésité avant de sortir de la pièce ; j'ai levé les yeux : il se tenait devant moi avec un air pensif.

« – ... Je vous demande pardon, monsieur, mais je n'ai pas pu m'empêcher d'écouter ce que vous avez dit à dîner sur le jeune M. Godfrey. Vous savez, monsieur, c'est ma femme qui a été sa nourrice, et moi j'ai été un peu son père nourricier. C'est normal que nous nous intéressions à lui. Alors vous dites qu'il s'est bien conduit, monsieur ?

« – Il n'y avait pas plus brave dans tout le régiment ! Il m'a tiré une fois des fusils des Boers ; sans lui, je ne serais pas ici.

« Le vieux maître d'hôtel se frotta les mains osseuses.

« – Oui, monsieur, c'est tout M. Godfrey cela ! Il a toujours été courageux. Il n'y a pas un arbre du parc, monsieur, au haut duquel il n'ait grimpé. Rien ne l'arrêtait. C'était un brave enfant... et, oh ! monsieur, c'était un homme brave !

« J'ai bondi.

« – Attention ! ai-je crié. Vous avez dit : «c'était... » Vous parlez de lui comme s'il était mort. Qu'est-ce que tout ce mystère ? Qu'est devenu Godfrey Emsworth ?

« J'ai empoigné le vieillard par l'épaule, mais il s'est esquivé.

« – Je ne sais pas ce que vous voulez dire, monsieur Demandez au maître. Lui sait. Ce n'est pas à moi de me mettre entre vous deux.

« Il allait quitter la pièce, mais je l'ai retenu par le bras.

« – Écoutez ! lui ai-je dit. Vous allez répondre à une seule question avant que vous partiez, même si je dois vous garder ici toute la nuit. Godfrey est-il mort ?

« Il n'a pas pu soutenir mon regard. Il était comme un lapin hypnotisé. La réponse s'est échappée de ses lèvres. Elle était aussi terrible qu'imprévue.

« – Je préférerais qu'il fût mort !

« Il a crié cela, s'est libéré et s'est précipité hors de la chambre.

« Vous devinez, monsieur Holmes, dans quel état d'esprit je suis retourné à mon fauteuil. La phrase du vieillard ne me semblait pas offrir beaucoup d'explications. D'évidence, mon pauvre ami avait été impliqué dans une affaire criminelle, ou du moins infamante, qui mettait en cause l'honneur de la famille. Le colonel avait fait partir son fils pour le cacher au reste du monde de peur qu'un scandale n'éclatât. Godfrey était assez aventureux. Il se laissait facilement influencer par son entourage. Sans doute était-il tombé entre de mauvaises mains qui l'avaient entraîné. Sale affaire dans ce cas ! Néanmoins, mon devoir me commandait de le retrouver, de l'aider. J'étais en train de réfléchir quand j'ai tourné la tête : Godfrey Emsworth est apparu devant moi...

Mon client s'interrompit, en proie à une émotion profonde.

– Poursuivez, je vous en prie ! lui dis-je. Votre problème présente quelques données tout à fait particulières.

– Il était de l'autre côté de la fenêtre, monsieur Holmes : dehors. Et il collait la tête contre le carreau. Je vous ai dit que j'avais contemplé la nuit. Ensuite j'avais laissé les rideaux partiellement ouverts. Sa silhouette s'est encadrée dans leur entrebâillement. La fenêtre était une porte-fenêtre : je pouvais donc le voir en entier ; mais c'est sa figure qui m'a frappé. Il était mortellement pâle : jamais je n'ai vu d'homme aussi blanc ; je suppose que les fantômes doivent avoir cette blancheur. Mais ses yeux me regardaient, et c'étaient des yeux d'homme vivant. Quand il a vu que je le regardais à mon tour, il a fait un bond en arrière et il a disparu dans la nuit.

« En lui, monsieur Holmes, il y avait quelque chose de troublant. Je ne parle pas de ce visage spectral qui luisait tout blanc comme du fromage dans l'obscurité. Je pense à une impression plus subtile, à quelque chose de furtif, de sournois, de coupable. Quelque chose qui n'avait rien à voir avec le garçon franc et viril que j'avais connu. Je suis demeuré là, stupide, horrifié.

« Mais quand on a joué au soldat pendant deux ans avec le frère Boer comme partenaire, on ne perd pas longtemps la tête et on réagit promptement. A peine Godfrey avait-il disparu que j'étais devant la fenêtre. La croisée fonctionnait mal et j'ai eu du mal à l'ouvrir. Finalement j'ai pu passer dans le jardin, et j'ai couru dans l'allée en suivant la direction que je l'avais vu prendre.

« L'allée était longue et la lumière pas trop bonne, mais il m'a semblé apercevoir quelque chose qui se déplaçait devant moi. J'ai continué à courir, je l'ai appelé par son nom, mais sans succès. Quand je suis arrivé au bout de l'allée, je me suis trouvé à un croisement : plusieurs sentiers conduisaient dans diverses directions à des dépendances. Je suis resté hésitant ; c'est alors que j'ai entendu distinctement le bruit d'une porte qui se fermait. Pas derrière moi dans la maison, mais devant moi, quelque part dans l'obscurité. Assez distinctement en tout cas pour que je sois sûr, monsieur Holmes, que je n'avais pas été le jouet d'une hallucination. Godfrey s'était enfui, m'avait fui, et il avait refermé une porte derrière lui. Je l'aurais juré.

« Quoi faire ? J'ai passé une nuit agitée ; j'ai tourné et retourné l'affaire dans ma tête tout en essayant de découvrir une théorie qui rendrait compte de tous les faits. Le lendemain, j'ai trouvé le colonel plus conciliant, et comme sa femme observait que dans le voisinage certains endroits ne manquaient pas d'intérêt, j'ai saisi cette occasion pour demander si je ne pourrais pas, sans les déranger, passer chez eux une autre nuit. Un acquiescement bourru du vieil homme m'a donné tout un grand jour pour me livrer à mon inspection. Déjà j'étais persuadé que Godfrey se cachait non loin, mais il me restait à savoir où et pourquoi.

« La maison était si vaste, si pleine de coins et de recoins qu'un régiment aurait pu se dissimuler à l'intérieur sans que personne n'en eût rien su. Si elle abritait le secret, il serait bien difficile à découvrir. Mais la porte que j'avais entendue se fermer n'était certainement pas une porte de la maison. Je devais donc explorer le jardin. Exploration qui s'annonçait aisée, car mes hôtes avaient leurs occupations et me laissaient libre de me promener à mon gré.

« Il y avait plusieurs petites dépendances ; mais au bout du jardin se dressait un bâtiment isolé assez important, assez grand pour servir de résidence à un jardinier ou à un garde-chasse. Ne serait-ce pas sa porte que j'avais entendue ? Je me suis approché d'un air désinvolte comme si je faisais le tour du domaine. Sur ces entrefaites, un petit homme barbu et alerte en habit noir et chapeau melon (pas du tout le type jardinier) est apparu sur la porte. A mon étonnement, il l'a refermée derrière lui, à clé, et il a mis la clé dans sa poche. Puis il m'a dévisagé non sans surprise.

« – Vous faites un séjour ici ? m'a-t-il demandé.

« J'ai expliqué qui j'étais et j'ai dit que j'étais un ami de Godfrey.

« – C'est bien dommage, ai-je lancé négligemment, qu'il soit parti en voyage : il aurait été heureux de me voir.

« – Sûrement ! C'est bien vrai ! m'a-t-il répondu d'une manière un peu hypocrite. Mais sans doute reviendrez-vous à une époque plus propice.

« Là-dessus il s'est éloigné ; quand je me suis retourné, j'ai remarqué qu'il était resté à me surveiller, à demi caché par les lauriers qui formaient un massif au bout du jardin.

« J'ai bien regardé la petite maison quand je suis passé devant, mais les fenêtres étaient protégées par de lourds rideaux ; à ce qu'il m'a semblé, elle était vide. Je risquais de gâcher mes chances et même d'être obligé de vider les lieux si j'étais trop audacieux, car je sentais que je continuais d'être surveillé. Je suis donc rentré en flânant à la maison, et j'ai attendu la nuit avant de reprendre mon enquête. Quand il a fait noir et que tout est devenu paisible, je me suis glissé dehors par la fenêtre, et je me suis dirigé aussi silencieusement que possible vers le pavillon mystérieux.

« Je vous ai dit qu'il y avait aux fenêtres de lourds rideaux, mais en plus les volets avaient été fermés. A travers l'un d'eux cependant brillait une lueur qui a retenu mon attention. J'étais en veine : le rideau n'avait pas été tout à fait tiré, et dans le volet une fente me permettait de voir l'intérieur de la pièce. C'était une pièce assez gaie, avec une grosse lampe et un bon feu. En face de moi était assis le petit bonhomme que j'avais vu le matin. Il fumait la pipe et lisait un journal.

– Quel journal ? demandai-je.

Mon client parut ennuyé par cette interruption.

– Quelle importance ?

– Une importance extrême.

– Réellement je n'y ai pas fait attention.

– Peut-être avez-vous remarqué s'il avait le format d'un quotidien ou d'un hebdomadaire ?

– Maintenant que vous m'y faites penser, il n'était pas d'un grand format. C'était peut-être le Spectator. Mais j'ai eu peu de temps à perdre pour de tels détails, car un deuxième homme était assis le dos à la fenêtre, et j'aurais juré que ce deuxième homme était Godfrey. Je ne distinguais pas son visage, mais je connaissais suffisamment la courbure de ses épaules. Il s'appuyait sur son coude dans une attitude de grande mélancolie, le corps tourné vers le feu. J'étais en train de me demander ce que je devais faire quand on m'a tapé brusquement sur l'épaule : le colonel Emsworth était à côté de moi.

« – Par ici, monsieur, a-t-il commandé à voix basse.

« Il a marché sans ajouter un mot jusqu'à la maison et je l'ai suivi dans ma chambre. En passant dans le vestibule, il avait pris un réveil.

« – Il y a un train pour Londres à huit heures et demie, le cabriolet sera devant la porte à huit heures.

« Il était blanc de rage. En vérité, je me sentais moi-même dans une situation si fausse que je n'ai pu que balbutier quelques excuses incohérentes en arguant de mes inquiétudes pour mon ami.

« L'affaire ne souffre pas de discussion, m'a-t-il répondu d'un ton sec. Vous avez commis une intrusion indigne dans notre vie privée. Vous avez été accueilli comme un invité et vous vous êtes conduit comme un espion. Je n'ai rien à ajouter, monsieur, sinon que je désire ne jamais vous revoir !

« Alors j'ai perdu patience, monsieur Holmes, et j'ai parlé avec quelque chaleur.

« – J'ai vu votre fils, et je suis convaincu que pour une raison qui vous est personnelle vous le dissimulez au monde. Je n'ai aucune idée des motifs qui vous poussent à le retrancher de la circulation, mais je suis sûr qu'il n'est plus un être libre. Je vous avertis, colonel Emsworth, que tant que je ne serai pas rassuré sur la sécurité et le bien-être de mon ami, je n'épargnerai aucun effort pour élucider le mystère, et je ne me laisserai intimider ni par une parole, ni par un acte.

« Le vieux bonhomme m'a lancé un regard diabolique, et j'ai cru qu'il allait me sauter dessus. Je vous l'ai dépeint comme un vieux géant tout en os ; bien que je ne sois pas une mauviette, j'aurais eu du mal à lui tenir tête. Après un dernier regard furieux, il a pivoté sur ses talons et il a quitté ma chambre. Pour ma part, j'ai pris le train de huit heures et demie, avec l'intention d'aller tout droit chez vous et de solliciter conseils et assistance.

Tel fut le problème que m'exposa mon visiteur. Il présentait, comme l'a déjà compris le lecteur attentif, de sérieuses difficultés, car le choix des moyens était limité pour trouver la solution. Élémentaire, il l'était, certes ! Il comportait pourtant quelques détails neufs et intéressants en l'honneur desquels il me sera pardonné de l'avoir exhumé de mes archives. Fidèle à ma méthode d'analyse logique, j'entrepris de serrer les éléments de plus près.

– Les domestiques ? demandai-je. Combien y en avait-il dans la maison ?

– A mon avis, il n'y a que le vieux maître d'hôtel et sa femme. La vie là-bas m'a paru des plus simples.

– Dans le pavillon, pas de domestique ?

– Aucun, à moins que le petit barbu n'en soit un. Il m'a semblé cependant être d'une classe supérieure.

– Très intéressant. Vous êtes-vous rendu compte si les repas étaient portés d'un bâtiment dans l'autre ?

– A présent que vous y faites allusion, j'ai vu le vieux Ralph qui portait un panier dans le jardin en se dirigeant vers le pavillon. Sur le moment je n'ai pas pensé que le panier pouvait contenir des provisions.

– Avez-vous fait une enquête locale ?

– Oui. J'ai bavardé avec le chef de gare et avec l'aubergiste du village. J'ai simplement demandé s'ils savaient quelque chose sur mon vieux camarade Godfrey Emsworth. Ils m'ont affirmé tous les deux qu'il faisait un voyage autour du monde. Après la guerre, il serait rentré à la maison, puis serait reparti presque tout de suite. L'histoire est évidemment acceptée par les gens des environs.

– Vous n'avez pas manifesté de doutes ?

– Non.

– Très bien ! L'affaire mérite certainement une enquête. Je vous accompagnerai à Tuxbury Old Park.

– Aujourd'hui ?

Il se trouvait qu'à l'époque j'étais en train d'éclaircir le mystère qui, une fois élucidé, compromit si gravement le duc de Greyminster ; j'avais aussi reçu mandat du sultan de Turquie de me livrer à une opération que je ne pouvais négliger sans de sérieuses complications politiques. Ce ne fut donc pas avant le début de la semaine suivante, comme me le confirme mon agenda, que je pus partir en mission dans le Bedfordshire en compagnie de M. James M. Dodd. Sur notre route vers Euston, nous prîmes en charge un gentleman grave et taciturne à cheveux gris acier, avec lequel j'avais procédé à divers arrangements préalables.

– Je vous présente un vieil ami, dis-je à Dodd. Il est possible que sa présence s'avère tout à fait superflue, à moins qu'elle ne soit au contraire capitale. Il n'est pas nécessaire d'en dire plus long dans l'état actuel des choses.

Les récits de Watson ont sans doute accoutumé le lecteur au fait que je ne gaspille pas mes mots et que je ne dévoile pas mes plans tant qu'une affaire n'est pas réglée. Dodd parut surpris, mais ne dit rien, et tous trois nous poursuivîmes ensemble notre voyage. Dans le train, je posai à Dodd une question dont je désirais qu'elle fût entendue par notre compagnon.

– Vous m'avez dit que vous aviez vu le visage de votre ami à la fenêtre, avec une netteté suffisante pour que vous ne puissiez douter de son identité ?

– Je n'ai aucun doute. Il avait le nez collé contre le carreau. La lumière de la lampe l'éclairait à plein.

– Ce ne pouvait pas être quelqu'un lui ressemblant ?

– Pas du tout. C'était lui.

– Mais vous m'avez dit qu'il avait changé ?

– Seulement son teint. Il avait le visage… comment le dépeindre ?… le visage blanc comme un ventre de poisson. Il était complètement décoloré.

– Était-il également blanc partout ?

– Non, je ne pense pas. Mais je n'ai vu que son front quand il a collé la tête contre la fenêtre.

– L'avez-vous appelé ?

– J'étais trop stupéfait, trop horrifié aussi. Puis, je l'ai poursuivi, comme je vous l'ai raconté, mais sans résultat.

Mon dossier était pratiquement complet ; il ne lui manquait plus qu'un petit élément. Quand, après une interminable randonnée en voiture, nous arrivâmes à l'étrange vieille maison de campagne qu'avait décrite mon client, ce fut Ralph, le maître d'hôtel âgé, qui nous ouvrit. J'avais loué la voiture pour la journée et j'avais prié mon ami de ne pas en bouger avant que je lui fisse signe. Ralph, ridé comme une pomme, portait le costume conventionnel (veste noire et pantalon poivre et sel) avec une seule variante curieuse : des gants de cuir brun qu'il se hâta de retirer dès qu'il nous vit et qu'il posa sur la table de l'entrée quand il nous introduisit. Je suis doté, comme mon ami Watson l'a parfois observé, de sens anormalement développés ; or une odeur, faible mais insistante, me chatouilla les narines ; elle semblait émaner de la table de l'entrée. Je me retournai, posai mon chapeau dessus, le fis tomber, me baissai pour le ramasser et amenai mon nez à moins de vingt-cinq centimètres des gants. Indiscutablement c'était des gants que provenait cette bizarre odeur de goudron. Mon dossier, cette fois, était complet. Hélas !

Quand je raconte moi-même les histoires, j'étale mes astuces, tandis que Watson, lui, cache soigneusement ce genre de maillons dans la chaîne, ce qui lui permet de produire des effets finals sensationnels.

Le colonel Emsworth n'était pas dans sa chambre, mais au reçu du message de Ralph il ne tarda pas à arriver. Nous entendîmes son pas vif et pesant dans le couloir. Il ouvrit la porte brusquement et il se rua dans son bureau avec la barbe en bataille et le visage tordu de passion : jamais je n'avais vu de vieillard si terrible ! Il tenait à la main nos cartes de visite ; il les déchira en mille morceaux.

– Ne vous ai-je pas déclaré, infernal touche-à-tout, que je vous chassais d'ici ? Que jamais je ne revoie votre maudite tête ! Si vous entrez ici à nouveau sans ma permission, je serai dans mon droit si j'use de violence. Je vous abattrai ! Par Dieu, oui, je vous abattrai, monsieur ! Quant à vous, monsieur...

Il se tourna vers moi.

– ... Cet avertissement vaut également pour vous. Je connais. votre ignoble profession, mais allez exploiter ailleurs vos talents ; ici ils n'ont pas à s'exercer.

– Je ne partirai pas d'ici, articula fermement mon client, avant d'avoir entendu de la bouche même de Godfrey qu'il ne subit aucune contrainte !

Notre hôte, malgré lui, sonna.

– Ralph, dit-il, téléphonez à la police du comté et priez l'inspecteur d'envoyer deux agents. Dites-lui qu'il y a des cambrioleurs ici.

– Un moment ! intervins-je. Vous devez savoir, monsieur Dodd, que le colonel Emsworth est dans son droit et que nous n'avons aucun statut légal chez lui. D'autre part il devrait reconnaître que votre action est uniquement dictée par votre sollicitude envers son fils. J'ose espérer que, si nous pouvons avoir cinq minutes de conversation avec le colonel Emsworth, je modifierai son point de vue sur l'affaire.

– Je ne me laisse pas si aisément influencer, répondit le vieux soldat. Ralph, faites ce que je vous ai dit. Que diable attendez-vous ? Appelez la police !

– Vous ne ferez rien de tel ! dis-je en m'adossant à la porte. Une intervention de la police provoquerait la catastrophe que vous redoutez...

Je sortis mon carnet et écrivis un mot (un seul mot) sur une feuille que je tendis au colonel.

– ... Voilà ce qui nous a conduits ici, ajoutai-je.

Il considéra la feuille de papier et de sa tête disparut toute autre expression que l'étonnement.

Comment savez-vous ?... bégaya-t-il en se laissant tomber lourdement sur une chaise.

– C'est mon affaire de savoir. C'est mon métier.

Il demeura assis à méditer ; sa main osseuse tiraillait les poils de sa barbe. Puis il fit un geste de résignation.

– Hé bien ! puisque vous voulez voir Godfrey, vous le verrez. Je n'y consens pas de mon plein gré, vous m'avez forcé la main. Ralph, prévenez M. Godfrey et M. Kent que dans cinq minutes nous les aurons rejoints.

Quand ces cinq minutes furent écoulées, nous traversâmes le jardin et nous arrivâmes devant le pavillon du mystère. Un petit homme barbu se tenait devant la porte ; il avait l'air considérablement surpris.

– Voilà qui est bien impromptu, colonel Emsworth ! fit-il. Tous nos plans se trouvent compromis.

– Je n'y peux rien, monsieur Kent. Nous avons la main forcée. M. Godfrey peut-il nous recevoir ?

– Oui. Il attend à l'intérieur.

Il fit demi-tour et nous conduisit dans une grande pièce bien meublée. Un homme se tenait debout, le dos au feu ; quand il l'aperçut, mon client s'élança la main tendue.

– Oh ! Godfrey, mon vieux, comme c'est chic de...

Mais l'autre l'écarta d'un geste de la main.

– Ne me touche pas, Jimmie. Garde tes distances ! Oui, tu peux me regarder de tous tes yeux. Je ne ressemble plus guère au brillant soldat de première classe Emsworth, de l'escadron B, n'est-ce pas ?

Certes son aspect était extraordinaire. On pouvait voir qu'il avait été bel homme, avec une figure bronzée par le soleil d'Afrique ; mais sur la surface brunie du visage, des taches blanchâtres avaient par plaques décoloré sa peau.

– Voilà pourquoi je ne vais pas au-devant des visiteurs, reprit-il. Je ne t'en veux pas, Jimmie, mais j'aurais préféré te voir sans ton ami. Je suppose que tu avais une bonne raison ; seulement tu me prends au dépourvu.

– Je voulais être sûr que tout se passait bien pour toi, Godfrey. Je t'ai reconnu, la nuit où tu es venu regarder par la fenêtre, et je ne pouvais pas rester en paix avant d'avoir éclairci le mystère.

– Le vieux Ralph m'avait dit que tu étais là, et je n'ai pas pu m'empêcher d'aller jeter un coup d'œil. J'espérais que tu ne me verrais pas ; j'ai couru jusqu'à mon terrier quand j'ai entendu la fenêtre s'ouvrir.

– Mais au nom du Ciel, qu'y a-t-il ?

– Oh ! l'histoire sera brève ! fit-il en allumant une cigarette. Tu te rappelles ce combat un matin à Buffelsspruit, à l'extérieur de Pretoria, sur la voie de chemin de fer de l'Est ? Tu as su que j'avais été touché ?

– Oui, je l'ai appris ; mais je n'ai pas eu de détails.

– Trois d'entre nous s'étaient séparés des autres. Le pays était accidenté, si tu t'en souviens. Il y avait Anderson, Simpson (le type que nous appelions Simpson le chauve) et moi. Nous étions partis en reconnaissance pour repérer nos frères Bœrs, mais ils s'étaient couchés et ils nous prirent pour cibles. Les deux autres furent tués. Je reçus dans l'épaule une balle pour éléphant. Néanmoins je me cramponnai à mon cheval ; il galopa pendant une dizaine de kilomètres avant que je m'évanouisse et roule à bas de ma selle.

« Quand je revins à moi, la nuit était tombée ; je me relevai, mais je me sentais très mal en point et affaibli. A ma vive surprise, je vis une maison tout près de l'endroit où je me trouvais : une assez grande maison avec une véranda et de nombreuses fenêtres. Il faisait mortellement froid. Tu te rappelles l'espèce de froid engourdissant qui s'abattait le soir ? Un froid terrible à vous rendre malade, très différent du froid sec et sain d'ici. Ma foi, j'étais glacé jusqu'aux os ; mon seul espoir consistait à atteindre cette maison. Je titubai, vacillai, me tirai, à demi conscient de ce que je faisais. J'ai un vague souvenir d'avoir monté les marches d'un perron, d'avoir poussé une porte, d'être entré dans une grande chambre qui contenait plusieurs lits, et de m'être jeté sur l'un d'eux en poussant un petit cri de satisfaction. Le lit était défait, mais je ne m'en souciai guère. Je ramenai les draps sur mon corps secoué de frissons, et la minute d'après je dormais comme du plomb.

« Quand je m'éveillai, c'était le matin. Il me sembla qu'au lieu d'être tombé sur un havre de santé, j'étais en plein cauchemar. Le soleil d'Afrique se déversait à flots à travers les grandes fenêtres sans rideaux ; chaque détail de ce vaste dortoir blanchi à la chaux, nu, ressortait avec une netteté absolue. En face de moi se tenait un homme tout petit, presque un nain, avec une tête énorme, qui très excité baragouinait du hollandais tout en agitant deux mains horribles qui me firent l'effet d'éponges brunes. Derrière lui se pressaient plusieurs personnes qui paraissaient très amusées par la situation ; mais j'eus froid dans le dos quand je les regardai. Aucun d'eux n'était un être humain normal. Tous étaient tordus, gonflés, défigurés d'une façon bizarre. Le rire de ces monstres était terrible à entendre.

« Personne ne parlait anglais ; mais la situation avait grand besoin d'une mise au point, car le nain à grosse tête se mettait furieusement en colère ; poussant des hurlements de bête sauvage, il m'attrapa avec ses mains déformées et voulut me jeter à bas du lit, sans se soucier du sang qui coulait de ma blessure. Ce petit monstre était fort comme un taureau. J'ignore ce qu'il serait advenu de moi si un homme d'un certain âge, qui détenait visiblement une grande autorité, n'avait été attiré par le vacarme. Il prononça quelques mots fermes en hollandais, et mon persécuteur s'éclipsa. Alors il se tourna vers moi et me considéra avec stupéfaction.

« – Comment diable êtes-vous arrivé ici ? me demanda-t-il. Attendez ! Je vois que vous êtes épuisé et que cette épaule blessée réclame des soins. Je suis médecin, et je vais vous la bander. Mais vous courez ici un bien plus grand danger que sur n'importe quel champ de bataille ! Vous êtes à l'hôpital des lépreux, et vous avez dormi dans un lit de lépreux.

« As-tu besoin que je t'en dise davantage, Jimmie ? Je crois qu'en prévision de la bataille, tous ces pauvres diables avaient été évacués la veille. Puis, comme les Anglais avançaient, ils avaient été emmenés encore plus loin par leur médecin-chef. Celui-ci m'assura que, bien qu'il se crût immunisé contre la lèpre, il n'aurait jamais osé faire ce que j'avais fait. Il m'installa dans une chambre particulière, me traita avec bonté ; huit jours après j'étais évacué sur l'hôpital général de Pretoria.

« Voilà mon drame. J'ai espéré contre toute espérance ; mais à peine étais-je rentré à la maison que les terribles symptômes apparurent : ceux que tu vois sur mon visage m'apprirent que j'avais été contaminé. Que devais-je faire ? J'habitais cette propriété isolée. Nous avions deux domestiques à qui nous pouvions nous fier totalement. Il y avait un pavillon où je pouvais vivre. Sous le sceau du secret, un médecin, M. Kent, accepta de demeurer avec moi. Selon ces données, les choses semblaient assez simples. L'autre branche de l'alternative était terrible : la ségrégation pour la vie parmi des étrangers sans le moindre espoir de jamais retrouver ma liberté ! Mais le secret absolu était nécessaire ; au moindre bavardage, dans cette campagne paisible, ç'aurait été une révolution, et j'aurais été abandonné à l'autre horrible destin. Même toi, Jimmie... Même toi tu ne devais pas savoir ! Pourquoi mon père a-t-il cédé, voilà ce que je n'arrive pas à comprendre.

Le colonel Emsworth me désigna.

– Voici le gentleman qui m'a forcé la main...

Il déplia la feuille de papier sur laquelle j'avais écrit le mot « Lèpre ».

– ...Il m'a paru que puisqu'il en savait tant, mieux valait qu'il sût tout.

– Et maintenant je sais tout, dis-je. Mais du bien en sortira peut-être. Je crois que M. Kent seul a vu le malade. Puis-je vous demander, monsieur, si vous faites autorité sur ce genre de maladies qui sont, je crois, d'origine tropicale ou semi-tropicale ?

– Je possède uniquement les connaissances ordinaires d'un médecin ! me répondit-il avec une certaine raideur.

– Je ne doute pas, monsieur, que vous soyez très compétent, mais je suis sûr que vous admettrez que pour un tel cas un deuxième avis serait souhaitable. Vous y avez renoncé, sans doute, parce que vous redoutiez qu'une pression pût être exercée sur vous pour que le malade fût relégué ?

– C'est exact, répondit le colonel.

– J'avais prévu cette situation, expliquai-je. J'ai amené avec moi un ami à la discrétion duquel vous pouvez vous fier absolument. J'ai pu jadis lui rendre un service professionnel ; il est disposé à vous donner un avis d'ami en même temps que de spécialiste. Il s'appelle sir James Saunders.

La perspective d'un entretien avec lord Roberts n'aurait pas suscité plus d'émerveillement chez un soldat de deuxième classe que je n'en vis sur le visage de M. Kent.

– Je serai très honoré ! murmura-t-il.

– Alors je vais demander à Sir James de venir jusqu'ici. Il se trouve actuellement dans la voiture devant la maison. En attendant, colonel Emsworth, nous pourrions peut-être nous réunir dans votre bureau, où je vous fournirai les explications indispensables.

Et voilà où me manque mon Watson ! Par des questions sournoises ou des exclamations de surprise, il aurait élevé la simplicité de mon art, qui n'est au fond que du bon sens systématisé, au niveau d'un prodige. Quand je raconte moi-même, je ne bénéficie pas de cet adjuvant. Tant pis ! Je vais livrer le processus de mes pensées exactement comme je l'ai livré à mes quelques auditeurs auxquels s'était jointe la mère du Godfrey, dans le bureau du colonel Emsworth.

– Ce processus, dis-je, est basé sur l'hypothèse que lorsque vous avez éliminé tout ce qui est impossible, il ne reste plus que la vérité, quelque improbable qu'elle paraisse. Il arrive que plusieurs explications s'offrent encore à l'esprit ; dans ce cas on les met successivement à l'épreuve jusqu'à ce que l'une ou l'autre s'impose irrésistiblement. Appliquons ce principe à l'affaire en cours. Dès le départ, je distinguai trois explications possibles de la réclusion ou de la ségrégation de ce gentleman dans un pavillon du domaine paternel. Il y avait l'explication qu'il se cachait en raison d'un crime commis, il y avait aussi l'explication qu'il était devenu fou et que l'on cherchait à lui épargner l'asile ; il y avait enfin l'explication qu'il était atteint d'une certaine maladie qui l'obligeait à vivre à part. Je ne pouvais pas envisager d'autres solutions possibles. J'avais donc à les examiner de près et à les peser l'une après l'autre.

« L'explication criminelle ne résistait pas à l'examen. Aucun crime mystérieux n'avait été commis dans cette région. J'en étais sûr. S'il s'agissait d'un crime qui n'avait pas encore été découvert, l'intérêt de la famille consistait à se débarrasser du délinquant et à l'expédier au plus tôt à l'étranger : non à le cacher à la maison.

« La folie me paraissait beaucoup plus plausible. La présence d'une deuxième personne dans le pavillon pouvait s'expliquer par la nécessité d'un gardien. Le fait qu'elle fermait la porte à clé quand elle sortait donnait du poids à cette hypothèse et laissait supposer qu'une contrainte était exercée. D'autre part, cette contrainte n'était pas trop sévère, puisque le jeune homme avait pu sortir et se rendre jusqu'à la maison pour apercevoir son ami. Vous vous rappellerez, monsieur Dodd, que j'ai cherché à vous arracher des précisions de détail : je vous ai demandé, par exemple, quel était le journal que lisait M. Kent. Si vous m'aviez dit The Lancet ou The British Medical journal, cela m'aurait rendu service. Toutefois la loi n'interdit pas de garder un fou en un lieu privé du moment qu'il est soigné par une personne qualifiée et que les autorités ont été régulièrement prévenues. Pourquoi, dans ces conditions, ce désir forcené de secret ? Une fois encore la théorie ne cadrait pas avec les faits.

« Restait la troisième éventualité. Là, tous les faits inexpliqués semblaient recevoir leur justification. La lèpre n'est pas rare en Afrique du Sud. Par hasard ce jeune homme avait pu être contaminé. Et sa famille devait se trouver dans une situation terrible si elle voulait lui éviter la ségrégation. Le secret le plus absolu était indispensable : il fallait empêcher les langues de marcher et les autorités d'intervenir. Un médecin dévoué, et suffisamment payé, accepterait sans doute de prendre soin du malade. Il n'y avait aucune raison pour que celui-ci ne fût pas autorisé à se promener une fois la nuit tombée. Une peau blanchie est un effet normal du mal. L'affaire était d'importance. Si importante que je résolus d'agir comme si mon hypothèse était par avance confirmée et prouvée. Quand en arrivant ici je remarquai que le vieux Ralph, qui porte les repas, avait des gants imprégnés de désinfectant, mes derniers doutes furent levés. Un seul mot, monsieur, vous montra que votre secret avait été percé : si je l'ai écrit au lieu de le prononcer, c'était pour vous assurer que vous pouviez vous fier à ma discrétion.

« J'étais en train d'achever cette petite analyse, quand la porte s'ouvrit ; le visage austère du grand dermatologue apparut. Pour une fois il s'était départi de son air de sphinx, et son regard brillait de chaleur humaine. Il se dirigea vers le colonel Emsworth et lui serra la main.

– Mon rôle consiste généralement à annoncer de mauvaises nouvelles, dit-il. Cette fois, c'est le contraire : votre fils n'a pas la lèpre.

– Comment !

– Il s'agit d'un cas classique de pseudo-lèpre ou ichthyosis, d'une maladie de peau ; la peau devient squameuse, peu agréable à la vue ; le mal est tenace, mais probablement curable, et certainement pas contagieux. Oui, monsieur Holmes, c'est une coïncidence remarquable ! Mais est-ce une coïncidence ? Certaines forces subtiles, dont nous ne savons rien, ne sont-elles pas entrées en action ? Est-il certain que la frayeur, qui a constamment habité le jeune homme depuis son exposition à. la contagion, n'ait pas produit un effet physique simulant ce qu'il redoutait ? A aucun prix je n'engagerais ma réputation professionnelle... Mais cette dame s'est trouvée mal ! Je crois que M. Kent ferait mieux de s'occuper d'elle afin qu'elle se remette au plus tôt de ce choc joyeux.

Toutes les aventures de Sherlock Holmes

Liste des quatre romans et cinquante-six nouvelles qui constituent les aventures de Sherlock Holmes, publiées par Sir Arthur Conan Doyle entre 1887 et 1927.

Romans

* Une Étude en Rouge (novembre 1887)
* Le Signe des Quatre (février 1890)
* Le Chien des Baskerville (août 1901 à mai 1902)
* La Vallée de la Peur (sept 1914 à mai 1915)

Les Aventures de Sherlock Holmes

* Un Scandale en Bohême (juillet 1891)
* La Ligue des Rouquins (août 1891)
* Une Affaire d'Identité (septembre 1891)
* Le mystère de la vallée de Boscombe (octobre 1891)
* Les Cinq Pépins d'Orange (novembre 1891)
* L'Homme à la Lèvre Tordue (décembre 1891)
* L'Escarboucle Bleue (janvier 1892)
* Le Ruban Moucheté (février 1892)
* Le Pouce de l'Ingénieur (mars 1892)
* Un Aristocrate Célibataire (avril 1892)
* Le Diadème de Beryls (mai 1892)
* Les Hêtres Rouges (juin 1892)

Les Mémoires de Sherlock Holmes

* Flamme d'Argent (décembre 1892)
* La Boite en Carton (janvier 1893)
* La Figure Jaune (février 1893)
* L'Employé de l'Agent de Change (mars 1893)
* Le Gloria-Scott (avril 1893)
* Le Rituel des Musgrave (mai 1893)
* Les Propriétaires de Reigate (juin 1893)

* Le Tordu (juillet 1893)
* Le Pensionnaire en Traitement (août 1893)
* L'Interprète Grec (septembre 1893)
* Le Traité Naval (octobre / novembre 1893)
* Le Dernier Problème (décembre 1893)

Le Retour de Sherlock Holmes

* La Maison Vide (26 septembre 1903)
* L'Entrepreneur de Norwood (31 octobre 1903)
* Les Hommes Dansants (décembre 1903)
* La Cycliste Solitaire (26 décembre 1903)
* L'École du prieuré (30 janvier 1904)
* Peter le Noir (27 février 1904)
* Charles Auguste Milverton (26 mars 1904)
* Les Six Napoléons (30 avril 1904)
* Les Trois Étudiants (juin 1904)
* Le Pince-Nez en Or (juillet 1904)
* Un Trois-Quarts a été perdu (août 1904)
* Le Manoir de L'Abbaye (septembre 1904)
* La Deuxième Tâche (décembre 1904)

Son Dernier Coup d'Archet

* L'aventure de Wisteria Lodge (15 août 1908)
* Les Plans du Bruce-Partington (décembre 1908)
* Le Pied du Diable (décembre 1910)
* Le Cercle Rouge (mars/avril 1911)
* La Disparition de Lady Frances Carfax (décembre 1911)
* Le détective agonisant (22 novembre 1913)
* Son Dernier Coup d'Archet (septembre 1917)

Les Archives de Sherlock Holmes

* La Pierre de Mazarin (octobre 1921)
* Le Problème du Pont de Thor (février et mars 1922)
* L'Homme qui Grimpait (mars 1923)

* Le Vampire du Sussex (janvier 1924)
* Les Trois Garrideb (25 octobre 1924)
* L'Illustre Client (8 novembre 1924)
* Les Trois Pignons (18 septembre 1926)
* Le Soldat Blanchi (16 octobre 1926)
* La Crinière du Lion (27 novembre 1926)
* Le Marchand de Couleurs Retiré des Affaires (18 décembre. 1926)
* La Pensionnaire Voilée (22 janvier 1927)
* L'Aventure de Shoscombe Old Place (5 mars 1927)